XBLE0004

龍蛇馬羊

珍珠童話：十二生肖經典童話繪本

作者｜王家珍　繪者｜王家珠

字畝文化創意有限公司

社長兼總編輯｜馮季眉　責任編輯｜陳心方　編輯｜戴鈺娟、巫佳蓮
全書美術設計｜王家珠　排版｜張簡至真

讀書共和國出版集團

社長｜郭重興　發行人｜曾大福　業務平臺總經理｜李雪麗　業務平臺副總經理｜李復民
實體通路協理｜林詩富　網路暨海外通路協理｜張鑫峰　特販通路協理｜陳綺瑩
印務協理｜江域平　印務主任｜李孟儒

出版｜字畝文化創意有限公司　發行｜遠足文化事業股份有限公司
地址｜231 新北市新店區民權路 108-2 號 9 樓
電話｜(02) 2218-1417　傳真｜(02) 8667-1065
電子信箱｜service@bookrep.com.tw　網址｜www.bookrep.com.tw
法律顧問｜華洋法律事務所　蘇文生律師　印製｜通南彩色印刷有限公司

2023 年 01 月　初版一刷
定價｜400 元　書號｜XBLE0004　ISBN 978-626-7200-38-4 (精裝)
EISBN｜9786267200469（PDF）　9786267200476（EPUB）

國家圖書館出版品預行編目 (CIP) 資料

龍蛇馬羊／王家珍作；王家珠繪 . -- 初版 . -- 新北市：
字畝文化創意有限公司出版：遠足文化事業股份有
限公司發行 , 2023.01
　面；　公分
ISBN 978-626-7200-38-4（精裝）
863.596　　　　　　　　　　　　　111019832

龍蛇馬羊

文/王家珍　圖/王家珠

目　錄

龍王盃端午大競賽

每年端午節的氣息漸漸濃厚，就是全球龍王開始緊張的時候。這些掌管大洋大海、大河大川、小河和小溪的龍王，都卯足了勁練習游泳技巧。端午節當天清晨，龍王都要前往北極上空集合，在遼闊的太平洋上，參加熱鬧滾滾的龍王盃端午大競賽。

東海龍王是全世界大大小小龍王的祖師爺，他最老、他最偉大、他永遠霸住全世界最偉大龍王的寶座。

東海龍王擁有大西洋東半部，和太平洋的全部領域，在他的地盤裡沉沒的船隻最多。在所有的龍王中，東海龍王最有錢、最有權勢、擁有絕對的號召力。

每ₑ到ₐ端ₑ午ₓ節ₕ， 東ₑ海ₕ龍ₗ王ₓ邀ₐ請ₕ全ₑ世ₛ界ₕ的ₑ龍ₗ王ₓ來ₗ參ₑ加ₕ比ₑ賽ₐ的ₑ時ₛ候ₕ， 沒ₗ有ₐ哪ₕ一-位ₑ龍ₗ王ₓ膽ₐ敢ₐ不ₓ來ₗ。

比ₑ賽ₐ開ₑ始ₛ之ₕ前ₑ， 東ₑ海ₕ龍ₗ王ₓ總ₕ會ₕ宣ₕ布ₓ， 哪ₕ一-位ₑ龍ₗ王ₓ能ₗ贏ₗ過ₑ他ₐ， 就ₕ要ₐ把ₓ「全ₑ世ₛ界ₕ最ₕ偉ₓ大ₐ龍ₗ王ₓ」這ₑ個ₑ封ₕ號ₕ頒ₐ給ₕ他ₐ， 而ₓ且ₕ讓ₕ他ₐ在ₑ東ₑ海ₕ龍ₗ王ₓ的ₑ寶ₐ座ₐ上ₐ坐ₐ一-整ₕ天ₑ。

奪ₐ得ₑ「全ₑ世ₛ界ₕ最ₕ偉ₓ大ₐ龍ₗ王ₓ」的ₑ封ₕ號ₕ， 一-點ₐ都ₐ不ₓ重ₕ要ₐ。 能ₗ坐ₐ上ₐ東ₑ海ₕ龍ₗ王ₓ的ₑ寶ₐ座ₐ， 才ₐ是ₛ最ₕ有ₓ吸ₕ引ₓ力ₐ的ₑ獎ₕ賞ₕ。 傳ₑ說ₕ， 在ₐ東ₑ海ₕ龍ₗ王ₓ的ₑ神ₕ奇ₕ寶ₐ座ₐ上ₐ坐ₐ一-整ₕ天ₑ， 會ₕ增ₗ加ₕ一-千ₑ年ₗ功ₕ力ₐ。 全ₑ世ₛ界ₕ的ₑ龍ₗ王ₓ， 都ₐ卯ₕ足ₓ全ₑ力ₐ， 誓ₛ言ₕ奪ₐ得ₑ龍ₗ王ₓ盃ₑ端ₑ午ₓ大ₐ競ₕ賽ₐ冠ₕ軍ₕ。

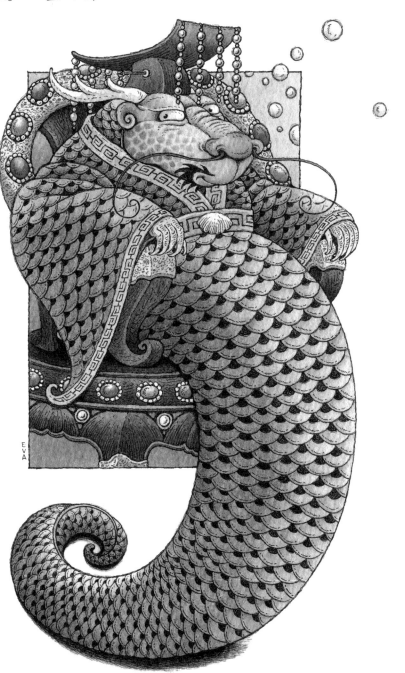

說也奇怪，每年的冠軍寶座，總是被年老的東海龍王霸住，誰都沒有辦法把他打敗。難道，東海龍王真的是超級龍王，誰都無法取代他的超級地位嗎？

今年的龍王盃端午大競賽，來自紅森林東河的龍王，名叫龍師父，剛剛好滿六百歲。他懷著無比興奮的心情，跟一大堆龍王擠在一起，聽東海龍王宣布比賽規則。

龍王盃端午大競賽分成兩個階段：第一階段是競速。

龍王從太平洋的北部，阿拉斯加外海出發，一直往南游到太平洋火地島終點線。誰先游到終點，誰就贏得龍王盃端午大競賽冠軍。

東海龍王每年都會安排鯨魚來噴水花助興，還叫海豹來拍打水面，打出輕快有力的節奏。

所有龍王都在起跑線前準備就緒，東海龍王率先起跑，其他龍王跟著向前躍出。

閃閃發亮的龍王身軀，在碧綠清澈的海水中穿梭，比賽非常精采，場面非常壯觀。

時間一分一秒過去，年高德劭的東海龍王游得有些吃力，他舉起尾巴，給海豹和鯨魚做暗號。

鯨魚和海豹，是東海龍王的忠實部下。他們竭盡所能，發出刺耳的魔音穿腦功，讓諸位龍王失去平衡感，愈游愈慢。

戴了耳塞的東海龍王，見他的詭計又成功了，忍不住竊笑好幾聲。嘿嘿嘿！他又可以一路暢游到火地島，輕輕鬆鬆，奪得冠軍啦！

沒想到來自紅森林的龍師父，不但不怕這種魔音穿腦功，還高興的大叫：「好悅耳的加油聲啊！比起咱們紅森林，母雞報曉的恐怖啼聲，這可是天地間最神奇美妙的加油聲，衝啊！」

東海龍王和龍師父卯足全力往前衝刺，同一時間到達終點線。

龍師父興奮的衝上天空，轉了好幾十個愛心圈圈。

東海龍王氣得不得了了，七竅冒出七種顏色的煙。他把鯨魚和海豹臭罵一頓，又命令蝦兵蟹將，全員集合，各就各位，準備舉行第二階段比賽。

第二階段比賽，在南極上空的冰雪大舞臺舉行，由東海龍王和東河龍王各自說一個故事。誰說的故事能博得最多尖叫聲，誰就奪得冠軍。

東海龍王風度翩翩，事，但是龍師父堅持，

他讓龍師父先說故事，東海龍王是老大，請老大先講故事。

東海龍王清了清嗓子，說出他準備了好多年，卻從來沒機會講的精采故事：「從前，兔子和烏龜，舉行龜兔賽跑。兔子在中途睡著了，於是，烏龜就贏得勝利。這個故事告訴我們，做任何事情都要堅持到最後一刻，才能夠奪得勝利！奪得最後的勝利！」

這是什麼爛故事啊？

別說龍王不會為了這個故事尖叫，就連剛出生的小魚，也不想聽這個沒有劇情的故事。東海龍王怎麼會笨到選這個差勁的故事呢？難道他的媽媽爸爸，都沒給他講過床邊故事嗎？

大家都被東海龍王弄得丈二金剛摸不著頭腦，東海龍王又高呼：「奪得勝利！」奇怪的事情發生了，龍王突然都不由自主的，為東海龍王的超級爛故事尖叫起來！

東海龍王聽著大家尖叫，擺出神氣的表情，宣布：「今年，全世界最偉大的龍王，仍然是我。」

「等一下！」龍師父大聲說：「剛才， 東海龍王， 您， 好像沒有尖叫吧！ 所以我也有一次機會， 說個讓全部龍王都大聲尖叫的故事。」

東海龍王挑一挑眉毛說：「你講吧！ 我保證你說的故事只能得到哄堂大笑， 根本不能激出一絲絲尖叫。」

龍師父胸有成竹， 說出他的故事：「從前有一位龍王， 名叫東海龍王。 他的長相， 雄壯威武； 他的財富， 堆積如山； 他的權勢， 驚天動地； 他的詭計， 多如海水。 但是東海龍王有個小小的遺憾， 各位龍王， 不知你們是否發現了， 在東海龍王的領海中， 沒有蝦兵蟹將。 大家評評理， 沒有蝦兵蟹將的龍王還能叫龍王嗎？」

東海龍王大吼：「誰說我沒有蝦兵蟹將？ 你胡說！ 真是膽大包天！」

龍師父說：「我沒有胡說， 除非你立刻叫他們出來讓我們瞧瞧。」

東海龍王氣不過， 大吼一聲：「蝦兵蟹將全員集合！」

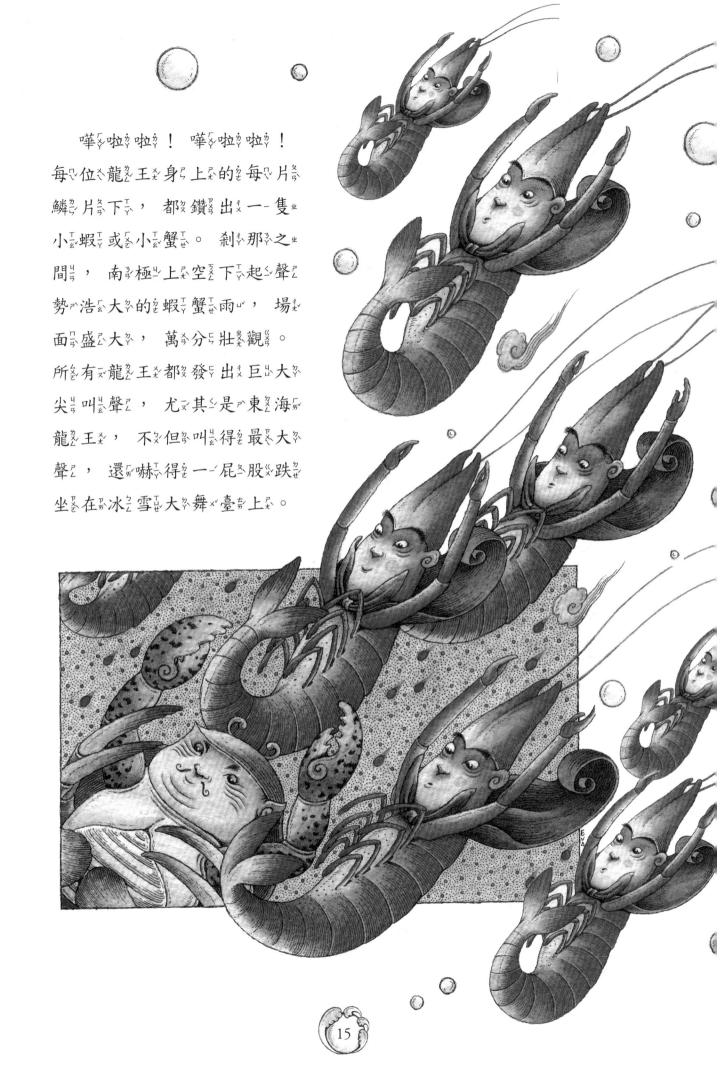

嘩啦啦！嘩啦啦！每位龍王身上的每片鱗片下，都鑽出一隻小蝦或小蟹。剎那之間，南極上空下起聲勢浩大的蝦蟹雨，場面盛大，萬分壯觀。所有龍王都發出巨大尖叫聲，尤其是東海龍王，不但叫得最大聲，還嚇得一屁股跌坐在冰雪大舞臺上。

龍師父暢快尖叫了幾聲之後，對東海龍王說：「我想，奪得勝利這四個字，就是叫蝦兵蟹將咬我們的暗號吧！」

剛剛才安靜下來的龍王，又掀起一陣騷動，他們檢查自己的身體，果然發現每個鱗片下，都有個小得不能再小的傷口。難怪東海龍王所說的爛故事，會讓自己尖叫成這個德性，原來是這些蝦子和螃蟹做的好事。龍王都瞪著東海龍王，臉色愈來愈難看。

東海龍王就像一個做錯事的小孩，頭低下來，整顆龍頭漲成豬肝色。他說：「我鄭重對大家道歉！我不應該用這種手段，保住我的冠軍寶座。我正式宣布，今年，全世界最偉大的龍王，就是來自紅森林的龍師父，請大家為他鼓掌！」龍王全都熱烈的為龍師父鼓掌。

幾個年輕氣盛的龍王起鬨：「東海龍王派蝦兵蟹將咬我們的事情，還沒有說出讓我們心服的交代！交代！交代！我們要一個交代！」

東海龍王謙卑的說：「說吧！ 你們的合理要求， 我都會照辦。」

龍師父說：「雖然東海龍王做錯事， 但是他能跟我們認錯， 實在非常難得。 能勇於認錯， 才是全世界最偉大的龍王。 我提議東海龍王邀請大家到東海龍宮， 讓我們這些小龍王， 都坐一坐那張神奇大寶座。 這個提議， 你們贊成嗎？」

東海龍王聽到龍師父的提議， 鬆了一口氣， 笑嘻嘻的說：「只要你們不再責怪我， 原諒我的過錯， 凡事都好商量。 龍師父說要大家到東海龍宮， 坐我的神奇寶座， 接受我的招待， 這個提議真是太棒了。 歡迎大家到東海龍宮！」

龍王們簇擁著東海龍王和龍師父， 前往東海龍宮， 慶祝龍王盃端午大競賽， 順利成功！

小紅蛇吞大象

　　紅森林中有一條細細的小紅蛇。不，不能說他是「紅」蛇，遠遠看去，他雖然是紅色的，但是從很近的地方看，就會發現，他渾身上下長滿紅色的小斑點。

　　這些紅色小斑點，是他生了一場怪病之後留下來的。他生的怪病叫做「膨風病」，自從生病以後，他老覺得自己是全世界最偉大的蛇，偉大到可以吞下一頭大象。

　　一條小蛇，想吞下一頭大象，首先他得考慮幾個問題：

一、　小蛇的嘴巴能張開到吞下一頭大象的地步嗎？

二、　大象會乖乖合作，讓小蛇把他吞進肚子去嗎？

三、　大象的皮那麼厚，象牙那麼硬，就算真的被小蛇吞下肚，要到哪年哪月，才能完全消化乾淨？

不ㄅㄨ過ㄍㄨㄛ，　小ㄒㄧㄠ紅ㄏㄨㄥ蛇ㄕㄜ並ㄅㄧㄥ不ㄅㄨ憂ㄧㄡ慮ㄌㄩ這ㄓㄜ種ㄓㄨㄥ「渺ㄇㄧㄠ小ㄒㄧㄠ」的ㄉㄜ消ㄒㄧㄠ化ㄏㄨㄚ問ㄨㄣ題ㄊㄧ，　他ㄊㄚ是ㄕ偉ㄨㄟ大ㄉㄚ的ㄉㄜ蛇ㄕㄜ，　只ㄓ在ㄗㄞ意ㄧ偉ㄨㄟ大ㄉㄚ的ㄉㄜ吞ㄊㄨㄣ象ㄒㄧㄤ計ㄐㄧ畫ㄏㄨㄚ。

　　小ㄒㄧㄠ紅ㄏㄨㄥ蛇ㄕㄜ常ㄔㄤ常ㄔㄤ溜ㄌㄧㄡ到ㄉㄠ象ㄒㄧㄤ皮ㄆㄧ草ㄘㄠ原ㄩㄢ，　偷ㄊㄡ窺ㄎㄨㄟ大ㄉㄚ象ㄒㄧㄤ。他ㄊㄚ暗ㄢ中ㄓㄨㄥ挑ㄊㄧㄠ選ㄒㄩㄢ象ㄒㄧㄤ群ㄑㄩㄣ的ㄉㄜ領ㄌㄧㄥ袖ㄒㄧㄡ，　大ㄉㄚ象ㄒㄧㄤ阿ㄚ香ㄒㄧㄤ，　因ㄧㄣ為ㄨㄟ她ㄊㄚ最ㄗㄨㄟ神ㄕㄣ氣ㄑㄧ，　最ㄗㄨㄟ肥ㄈㄟ壯ㄓㄨㄤ，　和ㄏㄜ小ㄒㄧㄠ紅ㄏㄨㄥ蛇ㄕㄜ偉ㄨㄟ大ㄉㄚ的ㄉㄜ吞ㄊㄨㄣ象ㄒㄧㄤ計ㄐㄧ畫ㄏㄨㄚ最ㄗㄨㄟ相ㄒㄧㄤ配ㄆㄟ。

　　小ㄒㄧㄠ紅ㄏㄨㄥ蛇ㄕㄜ把ㄅㄚ自ㄗ己ㄐㄧ餓ㄜ了ㄌㄜ一ㄧ個ㄍㄜ月ㄩㄝ，　胸ㄒㄩㄥ有ㄧㄡ成ㄔㄥ竹ㄓㄨ的ㄉㄜ來ㄌㄞ到ㄉㄠ象ㄒㄧㄤ皮ㄆㄧ草ㄘㄠ原ㄩㄢ，　爬ㄆㄚ上ㄕㄤ大ㄉㄚ象ㄒㄧㄤ阿ㄚ香ㄒㄧㄤ頭ㄊㄡ頂ㄉㄧㄥ心ㄒㄧㄣ，　緊ㄐㄧㄣ貼ㄊㄧㄝ著ㄓㄜ大ㄉㄚ象ㄒㄧㄤ阿ㄚ香ㄒㄧㄤ的ㄉㄜ頭ㄊㄡ皮ㄆㄧ，　把ㄅㄚ小ㄒㄧㄠ嘴ㄗㄨㄟ巴ㄅㄚ撐ㄔㄥ開ㄎㄞ到ㄉㄠ最ㄗㄨㄟ大ㄉㄚ極ㄐㄧ限ㄒㄧㄢ，　努ㄋㄨ力ㄌㄧ把ㄅㄚ大ㄉㄚ象ㄒㄧㄤ阿ㄚ香ㄒㄧㄤ往ㄨㄤ嘴ㄗㄨㄟ裡ㄌㄧ塞ㄙㄞ。

大象阿香覺得頭皮癢癢的，　好像有什麼小蟲子叮她，　就揚起她的長鼻子，　叭嗒一下子，　把小紅蛇掃到地上吃泥巴。

小紅蛇不氣餒，　吐出口中的泥巴，　又往大象阿香的頭頂爬，　撐開他的小嘴巴，　準備把大象阿香活活吞下。

大象阿香覺得頭皮發癢，　以為又有什麼小臭蟲咬她，　揚起鼻子把小紅蛇掃上天，　在空中飛得像一支箭。

碰巧一隻老鷹飛來，　張開強而有力的腳爪，　把小紅蛇緊緊捉住，　憋得小紅蛇透不過氣來。

眼看小紅蛇就要被捉回巢，　給小老鷹們當食物，　他居然笑了起來：「沒錯！　就是這種感覺，　當我把大象阿香吞進肚子，　我就要像這樣，　把她憋得透不過氣！」

老鷹回到鳥巢，把小紅蛇丟到小老鷹跟前，說:「這條蛇來得真神奇，他在象群的頭頂上飛得像一支箭。我不慌不忙接住了他，帶回來填飽你們的小肚皮。」

小紅蛇聽了老鷹爸爸的話，從他的美夢中驚醒，驚恐又生氣，對著老鷹大罵:「講什麼鬼話！我是全世界唯一可以吞下大象的蛇，你們竟然想要吃掉我？你們敢吞了我，我死掉以後要變成恐怖的蛇鬼，天天來糾纏，嚇死你們！」

小老鷹說:「親愛的爸爸，這條小蛇的身材，小不啦嘰，居然想吞下大象，他是不是頭殼壞掉？」

老鷹爸爸說：「小紅蛇，你真能吞得下一頭大象嗎？你打算把那頭大象放在哪裡？食道裡還是胃裡？哈哈哈！」

小紅蛇說：「你管我把大象放在哪裡？當那可憐的大象被我吞下，我要用我修長的身體，憋得他透不過氣。」

老鷹爸爸思考了三秒鐘，對小老鷹說：「你們趕快把這條小紅蛇吃掉，我不想聽他胡說八道。」

小老鷹說：「我們可不敢吃。這條蛇的頭腦壞了，長蛆了。吃了他，會被他傳染，然後跟他一樣，變成有妄想症的傻瓜。」

正當老鷹爸爸和小老鷹為了吃不吃小紅蛇而吵翻天，老鷹媽媽把一隻肥嘟嘟的野兔丟進鳥巢，說：「大老遠就聽到你們吵吵鬧鬧，這兒哪裡有蛇？你們說的蛇，那麼細細一條，我看叫做蚯蚓還差不多。孩子們，你們是吃蚯蚓長大的嗎？」

小老鷹異口同聲大叫：「親愛的媽媽，我們不吃細細的小蚯蚓，我們只吃實實在在的肉。」

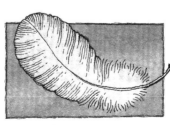

老鷹爸爸先看看老鷹媽媽帶回來的大肥兔，再瞧瞧自己捉回家的小紅蛇，愈看愈丟臉。他把小紅蛇踢出巢外，假裝剛剛根本沒把小紅蛇帶回巢來。

小紅蛇在空中打了十幾個滾，摔進荊棘叢，被尖刺扎得吱吱哇哇怪叫，渾身上下冒出大大小小的腫包。

小紅蛇拖著痛苦不堪的身體，慢慢往他的小窩爬。

俗話說：「福無雙至，禍不單行。」

小紅蛇爬回家途中，遇見三隻身材壯碩的癩蝦蟆。

癩蝦蟆甲擋住他的
去路， 癩蝦蟆乙用腳
趾把他掃到一片樹葉
上， 癩蝦蟆丙叫著：「
我要把這條大蚯蚓，
送給美麗的癩蝦蟆公
主， 向公主求婚。」

癩蝦蟆甲和癩蝦蟆
乙同時尖叫起來：「你
休想！ 你別做春秋大
夢， 要送禮給公主，
我們三個一起送， 要
跟公主求婚， 我們三
個一起求， 看看公主
究竟要選誰。」

三隻癩蝦蟆互不相
讓， 一言不合就打起
來， 打得水花四濺，
泥漿紛飛。

小紅蛇趁亂溜走，
奮力爬回他的小窩。

第二年春天，當小紅蛇重新踏出他的小窩，面對新的世界，他有了嶄新的理想和目標。

小紅蛇對上次魯莽的行動覺得好懊悔。要當一條偉大的蛇，只吞一隻大象絕對不夠，他要吞下一千隻，不，要吞一萬隻大象，才能顯出他的與眾不同。

小紅蛇再也不屑到象皮草原偷看大象，因為那裡只有三十多頭大象，對於能吞下千萬頭巨象的他來說，象皮草原的大象，數量太少，微不足道。小紅蛇每天都懷著虔誠期盼的心，等待一萬隻大象群來到紅森林，讓他一次吞個夠。

在這個超大象群還沒來到之前，小紅蛇不敢懈怠，他在偷來的每一顆小鳥蛋上，寫下四個字，「超級大象」，然後，閉上眼睛，吞下那顆小鳥蛋。

當小鳥蛋緩緩滑進小紅蛇的喉嚨，兩行眼淚就唏哩嘩啦流了下來，其中一行是喜悅的淚水，另外一行是傷心的淚水。

喜悅的是：吞象的工程太浩大了，只有他才配完成。

傷心的是：到底要等到何年何月何日，一萬隻大象群才會來到紅森林呢？

拍馬屁

紅森林來了一匹流浪馬，當他看到紅森林中馬兒的臉，嚇得反彈三公尺。

紅森林馬兒的臉，怎麼這麼滑稽，怎麼這麼好笑，怎麼好像一顆顆又長又胖的冬瓜！

流浪馬看著好多張又長又胖的冬瓜臉，杵在他面前，還露出傻傻的微笑，忍不住嘶嘶大笑起來。

紅森林的馬兒，把流浪馬團團圍住，凶巴巴的問：「你為什麼笑這種聲音？該不會是在取笑我們吧！」

流浪馬猛搖頭，說：「我怎麼可能大老遠的跑來紅森林取笑你們？我只是想到一句笑咒語，才會不由自主的大笑。」

紅森林的馬兒不相信這個解釋，更加凶巴巴的質問：「那是什麼咒語，能讓你笑哈哈，笑得像朵喇叭花？」

　　流浪馬說：「噓！別大聲嚷嚷，你們知道嗎？笑咒語能讓你們哈哈大笑，每天三大笑，能讓你們的臉，不那麼長喔！」

紅森林的馬兒聽到流浪馬這樣說，驚嚇不已，七嘴八舌吵起來：「這隻流浪馬膽子好大，說我們的臉長，難道他的臉不長？」

「比比看，誰的臉長誰就去撞牆。」

流浪馬信心滿滿、不慌又不忙的和紅森林的馬兒，一一比過臉長。流浪馬的臉，像短胖的絲瓜；紅森林的馬兒，臉長得像長胖的冬瓜。看來，紅森林中的馬兒，全部都得因為剛剛那句賭氣的話而去撞牆。

紅森林的馬兒很不高興，他們不喜歡這種輸給流浪馬的感覺。紅森林的馬兒愈想愈生氣、臉也拉得更長。

流浪馬說：「別這樣嘛！你們不快樂，我也不快樂，大家都不快樂，臉就會愈來愈長喔！」

性急的老馬阿吉說：「少說廢話，你不是說有一句笑咒語，可以讓我們的臉變短嗎？」

流浪馬說：「沒錯，笑咒語能讓你們哈哈大笑，能讓你們不要拉長了臉。」

德高望重的老馬阿望說：「懂得分享才能擁有更多。 你趕快把笑咒語教給大家， 讓我們每天念， 每天都哈哈大笑。」

流浪馬說：「笑咒語深奧難懂， 你們沒有花上十年時間， 真的學不來。」

愛耍暴力的老馬阿豹說：「什麼叫做深奧難懂？ 你最好立刻教會我們， 否則我踹得你滿地找牙！」

流浪馬一聽， 開心的說：「好好好， 我最愛人家用馬尾巴拍我的屁股， 拍得愈用力我就愈舒服。 誰來拍一拍我的屁股， 我就在他耳朵旁講一遍笑咒語， 讓他哈哈笑。 誰要先來試試？」

自尊心最強的老馬阿尊說：「哼！ 我才不會那麼厚臉皮， 我寧可頂著長長的長臉， 也不肯去拍你臭臭的臭馬屁。」

愛出風頭的小馬阿風說：「這和厚臉皮無關， 和面子有關， 我先試試。」

小馬阿風擺好姿勢， 甩起尾巴， 「啪！」的一下子， 用力甩了流浪馬一屁股。

流浪馬說：「啊！ 滿舒服的， 來， 耳朵靠過來， 我念笑咒語給你聽。」

流浪馬在小馬阿風耳朵邊，　說了一串好長的咒語。　小馬阿風聽得一頭霧水，　可是他不肯承認自己連咒語都聽不懂，　於是他就嘶嘶嘶大笑一場。

　　說也奇怪，　當他笑過之後，　他的臉立刻好像短了那麼零點零零一公釐。

其他的馬兒一看咒語成真，紛紛擠向流浪馬，搶著要拍流浪馬的馬屁。

流浪馬神氣兮兮，吩咐大家：「照順序，排好隊，身強力壯的排後面，力氣小的排前面。」

強壯的大馬阿強說：「抗議！你不是愛人家用力拍你的馬屁？為什麼又要我們力氣大的排後面？」

流浪馬說：「力氣小的先拍，力氣大的後拍，我就可以享受漸入佳境的美妙感受。拍馬屁是一門大學問，懂嗎？」

紅森林中的馬兒，自尊心超強，誰也不肯承認自己力氣小。大家開始互相禮讓，希望自己的排名愈後面愈好。

流浪馬看他們吵得不可開交，就說：「年紀愈大，身體愈虛弱，力氣也愈小，我們先請年紀大的來拍我馬屁，好不好？」

年輕的馬兒紛紛表示贊成，共同推舉六匹年紀大的老馬先上場。

身強體壯的老馬阿勞，壓根沒想到自己被排在老馬行列，他很不高興。眼看其他老馬排著隊，輪流拍流浪馬的馬屁，老馬阿勞決定給流浪馬一點顏色瞧瞧。

老馬阿勞假裝身體虛弱，全身無力，接近流浪馬，擺好姿勢，突然舉起兩隻強而有力的後腳，往流浪馬的屁股狠狠踹過去。

嘖！老馬阿勞不得不認老，明明瞄準屁股，卻踢中流浪馬的胖絲瓜頭，當場就把流浪馬踹昏！

流浪馬在地上躺了三天三夜，不省馬事，左臉腫出一個大饅頭包。

第四天中午，流浪馬終於清醒，卻變成只會傻笑的傻瓜馬。問他一匹馬有幾個頭？他說有兩個。叫他把笑咒語多念幾遍，他卻流下一大灘口水。

還沒聽過笑咒語的馬兒，團團圍住老馬阿勞，叫他賠一個好腦袋給流浪馬。老馬阿勞哪有辦法賠得出來，他擺出一張凶惡的長臉，誰都不甩，搖擺著開始下垂鬆垮的馬屁股，慢慢踱回家去了。

驚慌失措的馬兒，圍住變成傻瓜的流浪馬，七嘴八舌、嘰哩呱啦，鬧翻了天。

德高望重的老馬阿望，叫大家安靜，不要說話。他問：「流浪馬來到紅森林之前，我們的臉，長嗎？」

馬兒回答：「本來就這麼長呀！」

老馬阿望問：「現在我們的臉很長嗎？」

馬兒回答：「還是一樣長呀！」

老馬阿望問：「是誰來到紅森林，我們才覺得自己的臉很長啊？」

馬兒的長冬瓜臉，全部望向流浪馬，大家都不回答。

老馬阿望說：「你們看流浪馬的臉，自從他變成傻瓜，他的臉是不是愈來愈短？」

馬兒圍住流浪馬，仔細端詳。嗯！老馬阿望說得有道理。流浪馬的臉，比剛來紅森林的時候，明顯短了零點零零一公釐。

老馬阿望說：「我認為，臉的長短，和智慧有關。智慧愈高，臉愈長；智慧愈低，臉愈短。你們說，我講的有沒有道理？」馬兒紛紛點頭同意。

老馬阿望說：「你們看著好了，流浪馬的臉只會愈來愈短。他根本沒智慧，我們為什麼要聽他胡說八道呢？」

馬兒聽了老馬阿望的話，才恍然大悟，來歷不明的流浪馬，是個大騙子，騙大家拍他的馬屁。而自己也真糊塗，居然就信他，被耍得團團轉。

馬兒都覺悟了，也決定從此都不再提起這件事，畢竟，被笨蛋欺騙滿丟臉的，表示自己比笨蛋還要笨。

紅森林中的馬兒，頂著長長胖胖的長冬瓜臉，又恢復滿足愉快的生活。

那匹流浪馬的臉，真的愈來愈短，到最後，居然都不像馬臉，變成一張圓圓的大餅。他不知從哪裡學到一句話，整天掛在嘴邊，不停的念著──

馬不知臉長。

馬不知臉長。

馬不知臉……

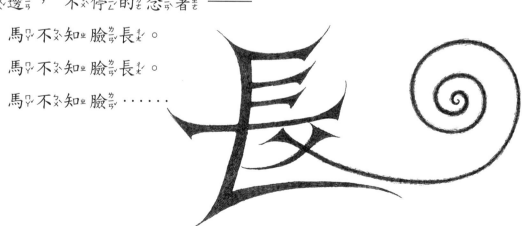

山羊巫師的魔藥

　　紅森林有個傳說：住在咩咩山的綿羊巫婆，是全世界最溫柔最美麗的綿羊，誰娶到她，就會一輩子幸福快樂，心想事成，做什麼事情都會成功。

　　咩咩山是一座怪山，高聳入雲，四面八方都是懸崖，除了能飛的鳥兒，誰也沒法爬上咩咩山。

　　紅森林中的綿羊先生、山羊先生、羚羊先生，雖然沒看過綿羊巫婆，卻都相信這個傳說。

　　他們每一個都發揮通天本領，想要追求綿羊巫婆，想盡各種辦法要跟綿羊巫婆求婚。可是綿羊巫婆騎著掃帚，在天空飛來飛去，來無影，去無蹤。綿羊先生、山羊先生、羚羊先生既不會魔法，也不會飛，他們沒有任何一個能追得上綿羊巫婆。

　　山羊巫師聽到這個傳說，他認為巫師和巫婆是絕配，如果他向綿羊巫婆求婚，一定可以「羊到成功」。

　　山羊巫師弄來一堆氣球，綁在他家小黑狗身上，還把寫著「偉大的綿羊巫婆嫁給我吧！」的布條掛在小黑狗脖子上，升上天空，向綿羊巫婆求婚。

　　沒想到，綿羊巫婆把小黑狗變成小花狗，讓小花狗帶著山羊巫師求婚的布條，在紅森林遊行，讓大家都知道山羊巫師求婚失敗的糗事。

自尊心超強的山羊巫師，受不了這種打擊，決定要做出「飛天魔藥」，飛上咩咩山，找綿羊巫婆算帳。

俗話說的好，巫師報仇，三年不晚。山羊巫師仔細研讀幾百本魔法書，做過幾百次實驗，終於在三年後一個夜黑風高的晚上，他的飛天魔藥接近完成時刻。

當山羊巫師把十根母老虎阿珍的頭頂黃毛、九根浸過犀牛大媽眼淚的蜘蛛絲、八顆看過獅子老禿跳舞的蒼蠅眼球、七隻曾經到紫森林旅行的紅螞蟻、六顆冀金龜做成的大象屎球兒、五根烏龜黑楣殼上的黑毛、四滴鱷魚的尿液、三芝鄉的茭白筍三根，和兩根兔子乖乖的犄角，通通丟進鍋子。他突然想起來，最後一定要再丟進一隻狗狗身上的跳蚤，否則這鍋魔藥就會變成花斑蝙蝠，飛得無影無蹤。

這鍋飛天魔藥如果真的飛了，要再重新配製，得再花上三年，才能收集到所有配方！山羊巫師想到漫長的三年，就嚇得手腳發軟。他抱住可憐的小花狗，瘋狂的在小花狗身上捉跳蚤。

時間一秒一秒跑走，山羊巫師的汗珠也一滴一滴往下掉，一滴汗珠剛剛好滴在一隻跳蚤身上，山羊巫師趕快捉起跳蚤，丟進鍋子。

鍋裡的魔藥冒出黃色的惡臭濃煙，山羊巫師說：「哈哈哈！就是這種黃煙，就是這股臭味，飛天魔藥成功啦！」

小花狗對這股奇怪的黃色煙霧非常好奇，他把鼻頭湊近鍋子，黃煙把小花狗的鼻子包住，鼻頭上一隻跳蚤被黃煙薰得頭暈腦脹，一陣天旋地轉之後，跳蚤摔進鍋子。

咻！鍋子又冒出一陣綠煙，奇怪的綠煙。

對飛天魔藥來說，一隻跳蚤和兩隻跳蚤有巨大差別，這鍋飛天魔藥已經變成「往下掉魔藥」了。

興奮過度的山羊巫師並不知情，跳著他獨創的慶功舞，四條腿扭得像麻花。

一一切蓋準蓋備蓋就蓋緒蓋， 山蓋羊蓋巫蓋師蓋只蓋要蓋喝蓋一一大蓋口蓋
飛蓋天蓋魔蓋藥蓋， 就蓋可蓋以一去蓋找蓋綿蓋羊蓋巫蓋婆蓋算蓋帳蓋了蓋。
可蓋是蓋， 飛蓋天蓋魔蓋藥蓋的蓋味蓋道蓋實蓋在蓋太蓋噁蓋心蓋， 他蓋沒蓋
辦蓋法蓋逼蓋自蓋己蓋喝蓋下蓋。

山蓋羊蓋巫蓋師蓋的蓋腦蓋筋蓋順蓋時蓋針蓋轉蓋呀蓋轉蓋， 眼蓋珠蓋子蓋
逆蓋時蓋針蓋轉蓋呀蓋轉蓋， 看蓋見蓋趴蓋在蓋旁蓋邊蓋的蓋小蓋花蓋狗蓋。
他蓋賊蓋兮蓋兮蓋的蓋說蓋：「我蓋可蓋愛蓋的蓋小蓋乖蓋狗蓋， 要蓋不蓋要蓋
喝蓋一一口蓋？ 雖蓋然蓋滋蓋味蓋不蓋怎蓋麼蓋樣蓋， 可蓋是蓋有蓋神蓋奇蓋
的蓋功蓋效蓋喔蓋！」

小蓋花蓋狗蓋， 傻蓋呼蓋呼蓋，
他蓋還蓋沒蓋拒蓋絕蓋過蓋山蓋羊蓋巫蓋
師蓋叫蓋他蓋做蓋的蓋事蓋。 他蓋張蓋
開蓋嘴蓋巴蓋， 一一口蓋氣蓋就蓋把蓋
飛蓋天蓋魔蓋藥蓋喝蓋下蓋去蓋。

三蓋分蓋鐘蓋後蓋， 小蓋花蓋狗蓋
覺蓋得蓋頭蓋暈蓋腦蓋脹蓋， 全蓋身蓋
上蓋下蓋每蓋一一個蓋地蓋方蓋都蓋不蓋
對蓋勁蓋， 接蓋著蓋， 他蓋就蓋暈蓋
過蓋去蓋了蓋。

等蓋到蓋小蓋花蓋狗蓋清蓋醒蓋，
發蓋現蓋他蓋躺蓋在蓋一一座蓋懸蓋崖蓋
邊蓋。

山羊巫師說：「我親愛的小乖狗， 前面那座咩咩山上， 住著可惡又厚臉皮的綿羊巫婆， 她很不要臉的向我求婚， 我立刻拒絕她， 沒想到她居然到處散布我的壞話。 現在， 麻煩你載我飛上去找她， 我要把她捉起來， 狠狠修理一頓。」

小花狗聽得滿頭霧水， 他不知道什麼叫做「飛」， 只明白自己正一直往下沉， 好像就要沉進地底去。

山羊巫師看小花狗沒有要飛的意思， 拖著小花狗往斷崖邊走， 準備騎著小花狗， 一飛衝天， 飛上咩咩山。

小花狗從斷崖往下一看， 媽咪呀！ 這可是有名的石羊斷崖。 底下有數不清的巨大石頭羊， 不管是誰掉下去， 保證被石頭羊又長又尖的角刺穿， 再也動不了了。

山羊巫師自信滿滿， 騎在小花狗背上， 一邊念著咒語， 一邊衝出斷崖———

霸口以頭必， 魔藥好神奇；
霸口以頭必， 魔藥有威力。

　　咒語立刻就生效，往下掉魔藥立刻讓小花狗和山羊巫師加速往懸崖底墜落。

　　山羊巫師和小花狗嚇得頭髮都站起來來；嚇得眼淚都噴出來；嚇得心臟幾乎停止跳動。

　　不到一分鐘，山羊巫師和小花狗就要撞上石頭羊尖銳的羊角！他們緊抱著，大聲尖叫，情況非常危急，非常驚險。

　　就在此刻，天空中傳來一聲「停！」他們就停在空中，一動也不動。

山羊巫師的身體不能動，眼珠子倒是靈活得很。他的眼珠子東轉西轉，看見長相醜陋的老綿羊，騎著飛天掃帚飛了下來。

　　唉呀！這就是鼎鼎大名、溫柔美麗的綿羊巫婆的真面目嗎？

　　小花狗立刻哀求：「偉大的綿羊巫婆，可憐我吧！我是無辜的，你救救我，我給你當一輩子看門狗。」

　　綿羊巫婆說：「雖然我有兩隻看門牛和三隻看門猴，偏偏沒有看門狗。我答應你，去吧。」小花狗立刻消失不見，剩下山羊巫師，擺著滑稽可笑的姿勢，定在半空中。

　　綿羊巫婆說：「你在這裡做什麼！」

　　山羊巫師說：「本巫師正在修煉奇世大魔法，少來煩我。」

　　綿羊巫婆說：「只要你跟我道歉，我就原諒你為了求婚失敗而做出來的蠢事，並且解救你。否則，十秒鐘之後，你就會掉在那些石頭羊上，摔個稀巴爛。」

　　山羊巫師說：「我長得這麼帥，怎麼可能跟你這醜八怪求婚，你少胡說八道，破壞我的名聲。」

　　綿羊巫婆嘆了一口氣，騎著飛天掃帚離開了。

　　十秒鐘之後，　綿羊巫婆和小花狗站在高高的咩咩山上，　看著山羊巫師快速往下俯衝，　當他快要撞上石頭羊的尖角時，　突然變成一隻巨大的石頭羊，　跟其他石頭羊站在一起。

　　原來，　這些石頭羊曾經是綿羊先生、　山羊先生、　羚羊先生。　他們都曾經跟綿羊巫婆求婚，　都曾經想盡各種奇怪的方法要爬上咩咩山，　可是他們都失敗了。

　　這些追求者墜落到懸崖下方，　變成石頭羊，　永遠仰望咩咩山上的綿羊巫婆。

—— 作者簡介 ——
王家珍

一九六二年出生於澎湖馬公，曾經當過編輯與老師，一直是童話作家。和妹妹家珠一個寫、一個畫，創作「珍珠童話」，合作默契佳，獲得不少肯定。

作品充滿高度想像力，文字細膩深刻，情節幽默風趣不落俗套，蘊含真誠善良的中心思想，大人、小孩都適讀。

★《孩子王·老虎》，王家珠繪製，榮獲開卷年度最佳童書、宋慶齡兒童文學獎。

★《鼠牛虎兔》，王家珠繪製，榮獲聯合報讀書人版年度最佳童書獎與金鼎獎最佳圖畫書獎。

★《龍蛇馬羊》，王家珠繪製，榮獲好書大家讀年度最佳少年兒童讀物獎。

★《虎姑婆》，王家珠繪製，入選波隆那國際兒童書插畫展、香港第一屆中華區插畫獎最佳出版插畫冠軍、金蝶獎繪本類整體美術與裝幀設計金獎。

★《說學逗唱，認識二十四節氣》等作品多次入選好書大家讀最佳少年兒童讀物獎和行政院文建會好書推薦。

—— 繪者簡介 ——
王家珠

一九六四年出生於澎湖馬公，是臺灣童書插畫家代表性人物。從一九九一年開始，王家珠的插畫在國際間大放異采，成為國際級的插畫家。

王家珠的作品以「細膩豐富」見長，手法穩健細膩，構圖布局新穎，取景角度變化無窮，畫面豐富具巧思。作畫態度一絲不苟，作品展現驚人的想像力，洋溢自然的童趣，帶領讀者飛往想像的世界，流連忘返。

★《懶人變猴子》榮獲第一屆亞洲兒童書插畫雙年展首獎。

★《七兄弟》入選義大利波隆那國際兒童書插畫展。

★《巨人和春天》入選捷克布拉迪斯國際插畫雙年展、西班牙加泰隆尼亞國際插畫雙年展、新聞局金鼎獎優良圖書推薦。

★《新天堂樂園》入選義大利波隆那國際兒童書插畫展。

★《星星王子》入選義大利波隆那國際兒童書插畫展、金鼎獎兒童及少年讀物類推薦。